L'inimitable Dompteur LAURENT

L'inimitable Dompteur LAURENT

AU PUBLIC

Un de nos amis à bien voulu écrire ma biographie. L'auteur s'est refusé, malgré mes instances réitérées, à en retrancher un seul mot, ni une seule phrase. Je la donne donc telle qu'elle est sortie de sa plume en y joignant une courte notice sur chacun de mes animaux.

En publiant ce petit opuscule, je considère comme un devoir de le dédier au Public en témoignage de reconnaissance pour les nombreuses marques de bienveillance qu'il n'a cessé de m'accorder pendant toute ma carrière de dompteur.

M. LAURENT.

Biographie de la famille Laurent

LE PÈRE LAURENT

M. Laurent est né dompteur et ne saurait exister sans les émotions journalières de son dangereux métier ; si du jour au lendemain on l'obligeait à vivre paisiblement en rentier, ils serait inévitablement pris de la nostalgie du domptage.

Le danger l'attire et suivant en cela l'exemple paternel, il a à son actif de nombreux actes de dévouement, qui ont été récompensés par plusieurs médailles de sauvetage.

Le père Laurent qui porte allègrement ses 70 ans était gardien au bassin de natation de Montpellier quand il obtint plusieurs médailles de sauvetage pour avoir, au péril de sa vie, sauvé vingt-sept personnes en danger de mort. C'est à cette époque, que ne trouvant plus suffisantes les ressources qu'il tirait de ses modestes fonctions, il résolut d'entreprendre l'ingrat métier de directeur de spectacles forains.

Il commença dès cet instant cette nouvelle carrière (que son enfant a depuis si brillamment suivie), avec un petit nombre de chiens, de singes et de chèvres auxquels il adjoignit bientôt quelques serpents que sa jeune et très gracieuse fillette était chargée de montrer. Peu à peu sa collection s'augmenta ; un ours d'abord, deux hyènes ensuite vinrent s'y joindre ; ces animaux travaillaient tous sous le commandement de sa charmante enfant qui, malheureusement, fut un jour grièvement blessée et dut, à son grand regret, renoncer à ses périlleux exercices en faveur de son frère qui devint alors le pivot du modeste établissement.

LAURENT

Tous ceux qui ont assisté aux exercices du dompteur en renom ont admiré ses qualités, mais il est certain et indiscutable que s'ils n'ont vu travailler Laurent, ils ne peuvent se rendre compte d'exercices aussi effrayants et aussi émouvants que ceux qu'il exécute dans les cages.

Sa vigueur incomparable et sa ténacité ont un cachet tout personnel. Son caractère méridional même lui rend l'immobilité impossible et nul dompteur ne saurait lui être comparé. Aussi est-on tout surpris, en visitant plusieurs fois sa ménagerie, de trouver à chaque nouvelle visite un renouveau, un imprévu inattendu, causés par quelque caprice de ses félins, les obligeant ainsi à modifier leur travail au moment même de la représentation sans que les acteurs à quatre pattes les aient prévenus de ce changement de scène.

Laurent semble se jouer des difficultés ; zébré de cicatrices multiples, il ne s'en porte pas plus mal et paraît se retremper à chaque nouvelle lutte avec ses aimables élèves.

La ménagerie Laurent est aujourd'hui une de celles qui possèdent les animaux les plus remarquables de la race féline ; mais combien de tracas, de luttes dangereuses pour atteindre ce but. Qui ne se rappelle Laurent père il y a une vingtaine d'années ; singes, chiens, chèvres et serpents avaient fait place au lion Sultan à la lionne Lina, à l'ours Martin, etc., c'était le commencement du rêve. Actif et entreprenant, le jeune dompteur suffisait à tout, soufflant dans la trompette, battant le tambour, pendant que le père amusait la foule en faisant travailler un singe. Plusieurs fois par jour il entrait dans les cages, se couchait harassé le soir, n'en recommençait pas moins le lendemain afin de grossir le petit pécule péniblement amassé. Il étonnait les visiteurs par son audace et son énergie, car il était facile de s'apercevoir du dressage incomplet de ses animaux, mais il entrevoyait au loin les sourires de la fortune et marchait bravement dans la voie lente et pénible de la vie nomade du propriétaire de spectacle forain.

Les débuts furent dificiles, la famille déjà nombreuse, augmentait encore, la locomotion lente créait forcément des chômages,

les recettes étaient faibles ; la foule se laissant attirer ordinairement par un extérieur alléchant sans se préoccuper de l'intérieur,
n'affluait pas. Tous ces obstacles ne décourageaient pas Laurent; il
redoublait au contraire d'énergie, se multipliait, augmentait ses
exercices, étonnait le public et forçait ainsi les visiteurs à venir
assister à ses luttes journalières.

La persévérance du jeune dompteur devait être récompensée.
Bientôt sa réputation s'affermit, les recettes grossirent, la ménagerie prenait de jour en jour un nouvel aspect, il achetait un lion
aujourd'hui, demain une panthère, peu après une voiture, la ménagerie Laurent prenait enfin une place honorable parmi les éta-
blissements similaires.

Sans se préoccuper outre mesure du dressage plus ou moins
complet de ses animaux, Laurent, confiant dans son audace, entrait
bravement dans les cages, luttant souvent corps à corps, non sans
recevoir quelques accrocs. De plus en plus exigeant, il forçait tigres
et lions à franchir barrières et cerceaux, se couchait dans la cage et
ses élèves sautaient par dessus cet obstacle vivant qu'ils auraient
pu supprimer d'un coup de leur puissante mâchoire ou de leurs
formidables griffes.

Bien souvent, dompteur et domptés luttaient à qui mieux mieux,
le premier de la cravache ou du fouet, les seconds des dents et des
griffes et si le premier sortait vainqueur de cette formidable lutte,
ce n'était pas sans y avoir laissé quelques lambeaux de chair.

Partout où séjournait l'intrépide dompteur la foule accourait ;
Bordeaux, Montpellier, Toulouse, Marseille, le comblaient de leurs
faveurs. Dans une tournée à l'étranger, il récoltait une ample
moisson de bravos et de fructueuses recettes, enfin Paris, la ville
qui consacre les réputations, l'accueillit en enfant gâté et son nom
devint bientôt populaire.

La ménagerie Laurent est une des attractions les plus émou-
vantes que l'on puisse concevoir. Si vous assistez une fois à ses
exercices, vous vous promettez bien de ne pas affronter de nouveau
de si violentes émotions; mais le lendemain vous reprenez le che-
min parcouru la veille et allez réapplaudir l'intrépide dompteur,
malgré la crainte que l'on éprouve d'assister à quelque drame san-
glant et lugubre en le voyant déchirer par ses terribles animaux.
Cette impression s'efface en voyant sa tranquille assurance dès son
entrée en cage.

Laurent aborde ses élèves en maître; de la voix et du geste il
manifeste sa volonté ; tout d'abord les fauves s'arrêtent étonnés, se
demandent s'ils vont obéir, mais Laurent n'est pas patient et il

n'aime pas les immobiles, aussi voit-on aussitôt le fouet réveiller les endormis; on assiste alors à la sarabande la plus effrayante et au concert le plus discordant. Lions et tigres rugissent, Laurent commande, la cravache fend l'air avec un bruit strident, pêle-mêle, enchevêtrés, maîtres et élèves ne forment plus qu'une masse confuse; puis tout à coup chacun reprend sa place, le maître au milieu de la cage centrale, les élèves à leur rang, le premier souriant et calme, les autres soumis, les regards fixés sur l'œil qui les commande et n'osant plus rugir.

Le travail de Laurent est devenu effrayant dans toute l'acception du mot, ne redoutant plus rien, se laissant gagner par l'ivresse du danger, il est vraiment splendide à contempler en face de sa lionne Coralie, cette redoutable bête qui l'a déjà si souvent marqué de ses dents et de ses griffes. Coralie est capricieuse comme une jolie femme et entêtée comme un mulet, aussi neuf fois sur dix se refuse-t-elle de sauter la barrière placée devant elle malgré les coups de cravache réitérés que le dompteur lui prodigue avec la volonté bien arrêtée de la faire obéir.

Ce n'est donc qu'après de longs et pénibles efforts qu'il parvient à l'enlever. Coralie saute enfin, mais, furieuse, elle revient sur son maître pour le dévorer et dans sa rage, ne trouve que le fouet au lieu de la proie vivante qu'elle espérait. Ce sont alors des rugissements formidables que le dompteur réprime ainsi que la velléité de révolte par une correction appliquée d'une main ferme et qui rend le terrible animal assez docile pour aller se blottir dans un coin de la cage.

Ces émotions se reproduisent tous les jours avec plus ou moins d'intensité et laissent le spectateur dans une profonde admiration pour ce mépris continuel du danger.

Enfin, dans cette cage centrale, Laurent réunit ensuite son magnifique tigre royal et son grand lion Léo, ce dernier, demeuré jusqu'ici rebelle à tous les efforts tentés pour le dresser, et auquel cependant il fait sauter la barrière malgré son état sauvage.

Faisant alors entrer son autre tigre, on est tout émerveillé de voir ce farouche et cruel animal obéir comme un chien, malgré ses rugissements, bondir jusqu'au fond de la cage avec une légèreté inouïe et sauter à travers un cercle de feu, tenu à bout de bras pardessus la tête du dompteur, avec la souplesse inhérente à ces fauves. Il est vraiment extraordinaire d'arriver à ce point de domination sur des animaux aussi indomptables que des tigres. Ces deux remarquables spécimens de la race féline sont d'ailleurs admirablement et vigoureusement conformés. En un mot, ils sont splendides à voir travailler.

Dans cette cage centrale, où chaque jour Laurent a joué sa vie, il paraissait aussi calme et aussi tranquille au milieu de ses fauves que s'il était dans un salon. Un frisson a pu lui courir sous l'épiderme pendant certains moment de danger, mais personne n'a pu jusqu'ici surprendre chez lui une trace d'émotion, ni même un tressaillement sur le visage.

Laurent est leste et agile, doué d'une rare énergie, bien campé sur ses jambes, large d'épaules, le cou bien attaché, des muscles saillants, tout dénote enfin chez lui une force peu commune, mais il est curieux d'observer la différence qui existe entre Laurent hors de la cage de ses élèves et Laurent en exercices : dans le premier cas, on le voit gai, tranquille, tout à la vie de famille ; dans le deuxième il se métamorphose et devient vif, ardent, effrayant d'audace et d'énergie.

S'il arrive que quelques spectateurs émerveillés lui demandent quels sont les animaux les plus à craindre, il leur répond invariablement : « Aucun, donnez-moi une bête adulte, nouvellement capturée, vingt-quatre heures après, elle travaillera ».

Tous les sujets de cette ménagerie semblent capturés d'hier, tant ils sont vifs et agiles. Natifs du désert, ils ont échappé à l'anémie ou au rachitisme des animaux nés en captivité. La période de la dentition, si douloureuse chez les fauves, s'est passée normalement pour eux, et leurs membres ont pu se développer à leur aise au milieu de leurs vastes forêts natales.

Il faudrait un volume pour énumérer les nombreuses blessures reçues par Laurent dans ses luttes journalières avec ses fauves. Nous nous contenterons d'en citer quelques-unes, au hasard.

Le 9 août 1877, Laurent était fortement mordu par sa hyène et le 27 du même mois, son lion Sultan lui déchirait la poitrine d'un coup de griffe.

A Lyon, le 13 août 1878, son ours faillit, après l'avoir griffé près de l'œil, l'étouffer dans une mortelle étreinte.

Le dimanche 15 février 1880, au jardin zoologique de Bordeaux, où Laurent avait établi sa ménagerie, son lion Sultan, mal disposé depuis quelques jours, manifestait des velléités de révolte et c'est en vain que l'on voulut dissuader le dompteur d'entrer dans la cage centrale ; aussi, à peine y fut-il que le lion s'élança sur lui et le mordit cruellement à la cuisse, un long jet de sang jaillit aussitôt de trois profondes blessures, et sans manifester la moindre émotion, au milieu des cris des spectateurs affolés, notre valeureux dompteur, calme et impassible, cingla de coups de cravache l'élève récalcitrant et l'obligea à obéir, il ne se trouva mal qu'une fois sorti de la cage et son travail habituel terminé. Rétabli quelque temps après, il recommença ses périlleux exercices.

Le 24 octobre de la même année, mordu de nouveau par Sultan, Laurent ne dut son salut qu'à son sang-froid et au dévouement de son personnel.

Laurent a été bien souvent blessé, soit par ses tigres, soit par ses lions;—sa lionne Coralie seule l'a mordu ou égratigné trente-six fois.

On ne compte plus ses actes de courage ; en voici un parmi tant d'autres. Le 28 septembre 1887, le dompteur Laurent, de passage à Marseille, était allé passer sa soirée au Palais de cristal où avait lieu une attraction nouvelle.

Le dompteur Giacometti paraissait parmi un groupe de lions, il était accompagné du professeur de Torcy qui hypnotisait une dame dans la cage. A peine entré, le plus gros des lions s'élança sur lui, un évènement fatal était certain et un drame allait avoir lieu. Le dompteur Laurent, n'écoutant que son courage, s'élança sur la scène, saisit une échelle qui se trouvait à sa portée et arracha à une mort certaine le dompteur Giacometti.

Le public, enthousiasmé d'un tel acte de courage, demandait à féliciter le sauveteur qui se déroba immédiatement à cette ovation.

Quelques jours après, il recevait de la Presse marseillaise une médaille commémorative en or en témoignage de cet acte de dévouement.

Nous citons au hasard ce sauvetage entre bien d'autres pour montrer la nature énergique du dompteur Laurent.

En finissant, nous souhaitons à notre valeureux dompteur bonne chance et longue vie, et si, comme nous l'espérons, nos souhaits se réalisent, Laurent pourra jouir bientôt d'une fortune chèrement, mais noblement acquise et d'une réputation bien méritée.

Avril 1891.

JEHAN DE MADRID.

On ne peut mieux faire en terminant cette petite brochure que de mettre sous les yeux du public quelques vers composés à Bordeaux et Paris, non comme des chefs-d'œuvres de poésies, mais en témoignage d'admiration de son travail par des spectateurs assidus.

DOMPTEUR LAURENT

A vous seul appartient la palme du courage,
La France n'eut jamais de semblable dompteur !
Si l'histoire ne peut vous garder une page,
Votre nom sera inscrit dans des milliers de cœurs.

Les fauves à vos pieds deviennent des esclaves
Redoutant le fouet, furieux d'obéir.
Le lion du désert, jadis le roi des braves,
N'ose vous résister, sa rage fait frémir.

Il cherche, on le voit bien, à se rendre le maître !
Plus il est menaçant, plus il reçoit de coups...
Et s'il veut vous saisir, vous dévorer peut-être,
Votre regard suffit pour l'éloigner de vous.

Et c'est à ce moment qu'il doit franchir la flamme...
Puis entendre soudain d'horribles coups de feu !
Le spectateur glacé sent défaillir son âme
Et saisi de terreur, vous recommande à Dieu.

Assez, assez ! ce cri devient celui des hommes,
Les femmes n'osant plus sur vous lever les yeux..,
Leurs visages sont pâles comme ceux des fantômes !
Quand enfin vous sortez, chacun respire mieux.

Des applaudissements nourris et frénétiques,
Répétés par l'écho, font tressaillir les airs !
Dompteur Laurent, salut ! vos travaux héroïques.
Devraient être connus de l'immense univers !

Bordeaux, 19 mars 1886.

P.-B.

AU ROI DES DOMPTEURS

Laurent, c'est de Paris qu'il te fallait l'hommage ;
Tu parais, il t'accorde aussitôt ses faveurs,
Il consacre ta gloire, chante le courage
Du plus brillant des dompteurs.
Toi qui sais captiver la foule qui te prône,
Toi dont l'œil fait ramper le fauve avec effroi
Tu devais tes débuts à la foire du trône
Car le trône attendait son roi.

Paris le 2 *mai* 1892.

Catalogue des Fauves de la ménagerie du dompteur Laurent

14. — Micheko : *ours noirs mâle et femelle originaires du Canada, âgés de 9 ans et 5 ans.*

L'ours vit solitaire, habite des tanières qu'il se creuse lui-même, des creux d'arbres et des antres de rochers, son régime est omnivore, mais il se nourrit plus spécialement de fruits, bulbes et racines de jeunes arbres qu'il arrache facilement au moyen de ses griffes puissantes ; il grimpe aux arbres avec facilité et le fait d'autant plus volontiers s'il croit pouvoir trouver un essaim d'abeilles qu'il dépouille avidement de son miel duquel il est très gourmand.

Quand arrive la mauvaise saison il s'endort pendant plusieurs mois et ne sort de cette léthargie qu'à l'approche du printemps, mais maigre et affamé, c'est alors qu'il est redoutable, s'attaquant aux animaux et même à l'homme s'il est provoqué par lui. La femelle mets bas deux petits au mois de mars et avril et en prend soin pendant près d'un an ; capturé jeune il s'apprivoise assez facilement, mais son naturel sournois est toujours à redouter.

11. — Taïti : *jaguar mâle, originaire du Brésil, âgé de 8 ans.*

Le jaguar est le plus grand des félins du nouveau monde ; d'un caractère féroce, d'un naturel sauvage, c'est un animal redoutable et redouté. Malgré sa force prodigieuse il est très lâche et ne s'attaque à une victime que lorsqu'il est sûr de la combattre avec avantage. C'est le seul des félins qui soit réellement nageur ; on en a vu souvent traverser des lacs et des fleuves pour se mettre au pourchas de leur proie ; il grimpe aux arbres avec agilité et se sert de cet avantage pour faire une chasse impitoyable aux singes et autres grimpeurs pour en faire sa nourriture. Il est surtout remarquable pour la beauté de sa robe et la souplesse de ses mouvements.

5. — Coralie : *lionne de Nubie capturée le 16 juin 1882 à l'âge de 2 ans.*

Le dompteur Laurent acheta cette lionne à son arrivée à Marseille le 28 août de la même année il débuta avec elle dans cette ville. Cet acte téméraire faillit coûter bien cher au dompteur, l'animal, capturé depuis si peu de temps, se refusa obstinément à franchir la barrière qui lui était présentée, le dompteur voulant l'y contraindre la lionne s'élança d'un bond sur lui et lui laboura le bras et l'épaule de ses griffes d'acier, mais grâce à son agilité et à son sang-froid il put éviter un second abordage et rester maître de la situation ; une correction énergique ayant suivi la faute, l'animal recula, se tapit et se soumit, du moins en apparence, et le jeune belluaire put sortir de la cage blessé grièvement il est vrai, mais vainqueur.

Deux mois après, à Bordeaux, le dompteur Laurent, a peine remis de ses blessures, pénétra de nouveau près de sa pensionnaire ; aussitôt entré dans sa cage, la lionne se rua sur lui le mordit cruellement à la jambe et au côté. Obligé pendant quelque temps de cesser tout travail avec elle il y pénétra de nouveau à Lyon et fut encore blessé ; à Toulouse, à Béziers, Montpellier, Nîmes, St-Etienne, Valence, Narbonne, Perpignan, Toulon et Nice il reçut encore de nouvelles blessures. Malgré cela le dompteur Laurent, n'hésite pas à pénétrer avec elle chaque soir à la séance de 8 heures 1/2.

1, 2, 3. — Miraut, Brutus et Dartagnan : *Lions du mont Atlas, capturés les deux premiers en 1887 et le dernier en 1888 à l'âge de 2 ans, 3 ans, 2 ans 1/2.*

Le lion mérite bien le titre pompeux de roi des animaux qui lui a été donné par tous les naturalistes. Son ensemble représente bien la force et l'agilité, sa force musculaire est prodigieuse, sa démarche lente et majestueuse, son regard assuré et imposant, la puissance de sa voix en font réellement un être supérieur dans le règne animal. Il ne recule jamais devant le danger, accepte le combat dans n'importe quelles circonstances, affronte l'homme même en nombre et armé et ne recule jamais devant le feu d'une mousqueterie. Lorsqu'il est blessé, c'est alors qu'il se révèle dans toute sa sauvage beauté, il s'élance au milieu de ses assaillants, portant la mort à chacun de ses coups et ne cessant le carnage que faute d'adversaires ou à bout de force.

Ceux qui ont assisté à semblable spectacle sont forcés d'en rabattre sur la prétendue magnanimité si vantée par certains voyageurs, sur le caractère d'un aussi redoutable adversaire.

Le lion n'est adulte qu'à l'âge de 7 ans, c'est alors qu'il possède cette belle crinière qui lui couvre la tête et les épaules ; la durée de la vie du lion à l'état libre est d'environ 40 ans, mais en captivité il est très rare qu'il dépasse l'âge de 20 ans. Ces trois lions sont parfaitement dressés et présentés à chaque séance par le dompteur Laurent.

Le 28 mai 1889 à Limoges, le dompteur Laurent faisait exécuter à ses pensionnaires leurs exercices quotidiens, lorsque tout à coup le lion Dartagnan s'élança sur lui au moment ou il était désarmé complètement, il le fait reculer du geste et du regard à l'extrémité de la cage; il fut grièvement mordu au bras et griffé profondément à la hanche.

6, 7, 8. — Romulus, Portos et Sélika : *lions et lionnes du Sénégal, âgés de 3 ans, capturés dans le courant de l'année 1891 par MM. Izard, naturalistes à Saint-Louis.*

Le lion du Sénégal a le naturel féroce et intraitable, peu de ménageries en possèdent ; devenant très rare depuis la colonisation, l'espèce comme celle de l'Atlas tend à disparaître ; il ne possède presque pas de crinière, mais en revanche atteint une grande taille.

Ces trois animaux sont présentés par M. Laurent en compagnie d'une lionne de Barbarie, d'un ours, d'une hyène mouchetée et d'un chien danois.

9. — Héros, *chien danois de race pure qui paraît au milieu des lions, ours et hyènes, sous la protection du dompteur Laurent.*

6. — Flixmole: *ours gris, originaire de la Hongrie, âgé de 3 ans.*

L'ours gris comme ses congénères, habite les parties montagneuses t boisées de l'Europe où il était autrefois très commun ; on ne le trouve guère maintenant qu'en Sibérie, en Hongrie, en Suisse et dans les Pyrénées où il est devenu très rare. Pris jeune on l'apprivoise aisément, mais avec l'âge le naturel reprend le dessus et il devient insociable.

Il s'approche rarement des endroits habités à moins qu'il n'y soit poussé par la faim qui est mauvaise conseillère, mais s'il n'est pas attaqué par l'homme il ne s'attaque jamais à lui ; il est très difficile à capturer, sa sagacité déjouant toutes les ruses, aussi ne peut-on se les procurer que très jeunes en attaquant la mère qu'ils suivent très longtemps.

Celui-ci est présenté par le dompteur Laurent en compagnie des lions, lionnes et hyènes mouchetées.

15. — Greling : *hyène mouchetée originaire du Sénégal, âgée de 6 ans, capturée en 1888.*

Cette espèce se rencontre également au cap de Bonne Espérance.

Elle diffère beaucoup de la hyène rayée par la force incroyable qu'elle possède et surtout par sa voracité.

Tout le jour elle se tient tapie dans des tanières qu'elle se creuse elle-même, étant essentiellement fouisseuse par nature. A la tombée de la nuit on entend leurs longs hurlements semblables à des rires diabolique et d'une grande puissance, elles se réunissent alors en bandes pour se mettre au pourchas de leur nourriture. Trop lâches pour attaquer des animaux vivants et dépourvues d'odorat pour découvrir des proies mortes, elles suivent les bandes de chacals et lorsque ceux-ci ont découvert quelque cadavre elles les attaquent, les mettent en déroute et s'emparent de leur trouvaille pour satisfaire leur appétit glouton.

Leur mâchoire, supérieure en force à celle du lion et du tigre, leur permet de broyer avec une grande facilité les os les plus durs ; d'après certains dictons elles s'introduiraient la nuit dans les cimetières pour déterrer les cadavres et en faire leur nourriture, toujours est-il qu'elle semblent préférer de beaucoup aux viandes fraîches, les chaires putréfiées et corrompues. Celle-ci est présentée à chaque séance par le dompteur Laurent qui, plusieurs fois déjà, a été blessé par elle.

10. — Saïda : *lionne de Barbarie, capturée en mars 1887 à l'âge de 3 ans et pensionnaire de la ménagerie depuis le mois d'août de la même année.*

La lionne est de beaucoup inférieure en taille et en force au lion. elle ne possède jamais de crinière, mais en revanche elle a le caractère bien plus irritable et plus féroce que le lion.

Surtout à craindre lorsqu'elle a des petits, elle devient tellement féroce qu'elle s'élance follement au devant de tout être vivant qui cherche à approcher son repaire, craignant toujours de se voir ravir sa progéniture qu'elle cache à tous les regards avec un soin jaloux

Elle fait ordinairement trois portées par an, met bas de deux à cinq jeunes et porte cent huit jours.

Cette lionne est présentée à toutes les séances par le dompteur Laurent en compagnie d'animaux aux instincts les plus opposés.

1. — César ; *tigre royal, originaire du Bengale, capturé à l'âge de 4 ans, en 1889.*

Le tigre est, après le lion, le plus grand de tous les félins, c'est celui qui a le naturel le plus cruel et le plus féroce. Sa taille dépasse souvent celle du lion.

Le naturel du tigre est sournois, vindicatif et irritable; il ne connaît même pas la main qui le nourrit pas plus que celle qui le frappe; insensible aux bons comme aux mauvais traitements il est impossible de le subjuguer complètement, aussi peu de dompteurs osent-ils affronter pareil adversaire, surtout lorsqu'il est adulte.

Ne se plaisant absolument que dans le carnage, les griffes et la langue dans le sang, abandonnant une victime pour en égorger une nouvelle avec la même cruauté et la même rage qu'il a mis à immoler la précédente, sans pour cela assouvir sa soif du carnage, tout être animé lui semble une proie nouvelle qu'il s'apprête à déchirer.

A force d'énergie et de patience le dompteur Laurent est arrivé à assouplir cette nature de fer et à lui imposer un travail réglé et suivi qu'il exécute à chaque séance, mais il a dû payer plusieurs fois de sa personne son audacieuse témérité envers ce redoutable adversaire.

Le 27 mai 1890 à la séance de 9 heures du soir, le dompteur Laurent venait à peine de pénétrer près de son pensionnaire que celui-ci s'élança sur lui et lui laboura la poitrine d'un coup de griffe ; grâce à son énergie habituelle M. Laurent reprit l'offensive et sortit du combat avec les honneurs de la guerre, blessé mais non vaincu. A différentes reprises, de nouvelles révoltes se sont produites chez cet animal et M. Laurent, à deux reprises différentes, fut victime de sa férocité, mais son indomptable énergie est arrivée à subjuguer, nous le croyons du moins, ce féroce adversaire.

19. — Léo 2ᵉ : *lion du Cap de Bonne-Espérance, capturé par M. Chassaing, le 16 janvier 1885, à l'âge de 4 ans environ.*

Ce lion est un des plus beaux spécimens de l'espèce qui ait jamais été exhibé en ménagerie, il a servi de modèle à plusieurs peintres et statuaires pour l'érection de divers monuments.

A Angoulême le 14 février 1890, pendant une des séances, ce terrible animal, qui du reste n'a jamais été complètement assoupli, se jeta sur le dompteur Laurent qui, cette fois, faillit succomber sous son adversaire; celui-ci cependant lâcha prise, mais on fut obligé de le sortir de la cage ; cette lutte inégale ne dura pas longtemps heureusement, sans quoi l'issue eût été fatale pour le dompteur.

21. — Léo 1ᵉʳ : *lion de même race, âgé de 9 ans.*

Même caractère que le précédent.

28. — Sultan : *lion d'Abyssinie, âgé de 10 ans.*

Un des rares spécimens qui existent encore de cette race qui tente à disparaître.

20. — O'Bill : *jeune éléphant des Indes, âgé de 7 ans.*

On connaît deux espèces d'éléphants, très distinctes l'une de l'autre sous les rapports anatomiques.

L'espèce indienne est la plus connue ; plus douce, plus sociable et surtout plus intelligente, on l'emploie depuis les temps les plus reculés aux travaux domestiques, spécialement dans les exploitations forestières et agricoles. Dans certaines contrées, contraste bizarre, on les emploie à la garde des enfants ou à l'office de bourreau. A la chasse, à la guerre, dans les cérémonies et les parades, il tient le premier rang.

Sociable, intelligent au possible, il éprouve un véritable attachement pour les personnes qui le soignent ou l'emploient et se souvient en revanche des coups ou des injures ; les traits d'intelligence accomplis par ce colosse tiendraient à peine dans un livre, et M. Louis Jacolliot a écrit sur ce chapitre un volume qui, quoique très vrai, paraît invraisemblable.

Sa longévité est très grande, il dépasse facilement 200 à 250 ans, mais en Europe sous nos climats tempérés il est très rare qu'il dépasse 50 à 60 ans.

On a raconté une masse de fables sur le compte de cet animal, on ne doit en croire que ce qui est raisonnable : notamment, au lieu de neuf ans comme on s'est plu à le dire, il porte 58 semaines et met bas un petit qu'il allaite pendant deux ans.

O'Bill est parfaitement dressé et présenté à chaque séance.

27. — Lama : *originaire du Pérou, âgé de 3 ans.*

Le lama est, dans les parties montagneuses du nouveau monde, ce que le chameau et le dromadaire sont dans les déserts de l'Afrique et de l'Arabie ; très sobre, dur à la fatigue, c'est une bête de bât très appréciée ; son pied sûr, sa vue perçante et son odorat très fin le rendent précieux dans les contrées inaccessibles où on l'emploie ; sous des dehors chétifs il cache une force relativement très grande, car il peut facilement porter pendant 25 à 30 kilomètres une charge de 200 livres.

Lorsqu'il est trop chargé il se couche et refuse obstinément de se relever, si on veut l'y forcer il se frappe la tête par terre à droite et à gauche et se tue plutôt que d'avancer.

Trois espèces différentes existent, la vigogne, le kachemir et le guanako ; le lama est la seule qui soit domestiquée et c'est aussi la plus robuste ; il vit facilement 30 ans, produit en captivité, porte neuf mois et met bas un petit qui devient adulte à 3 ans.

Une collection de singes de toutes races et provenances :
perroquets, aras, kakatoès, etc., etc.

32. — **Tom**, *cheval Orloff*, 5 *ans*.

33. — **Zéphir,** *anglo-arabe*, 6 *ans*.

35. — **Koslowa**, *cheval Baskir*, 4 *ans*.

36. — **Wologda**, *id.*, 5 *ans*,

37. — **Emir**, *taureau africain*, 4 *ans*.

Paris. — Typ. A. DAVY, 52, rue Madame. — Téléphone.

124

Grande Ménagerie

DE

L'INIMITABLE

DOMPTEUR LAURENT

Tous les Jours à 3 heures

Tous les Soirs à 8 heures 1/2

LE CÉLÈBRE DOMPTEUR

Fait son entrée parmi les Fauves

Paris. — Typ. A. DAVY, 52, rue Madame. — Téléphone.